Gallimard Jeunesse / Giboulées
sous la direction de Colline Faure-Poirée
© Éditions Gallimard Jeunesse 2008
ISBN : 978-2-07-061400-4
Numéro d'édition : 290682
Premier dépôt légal : février 2002
Dépôt légal : mai 2015
Loi n° 49956 du 16 juillet 1949
sur les publications destinées à la jeunesse
Imprimé en France par Pollina - n° L72298B

Bénédicte Guettier

L'ÂNE TROTRO FAIT SA TOILETTE

GALLIMARD jeunesse GIBOULÉES

C'EST LE MATIN,
TROTRO FAIT SA TOILETTE...
D'ABORD, IL SE LAVE
LES MAINS...

PUIS, IL BROSSE SA PETITE CRINIÈRE...

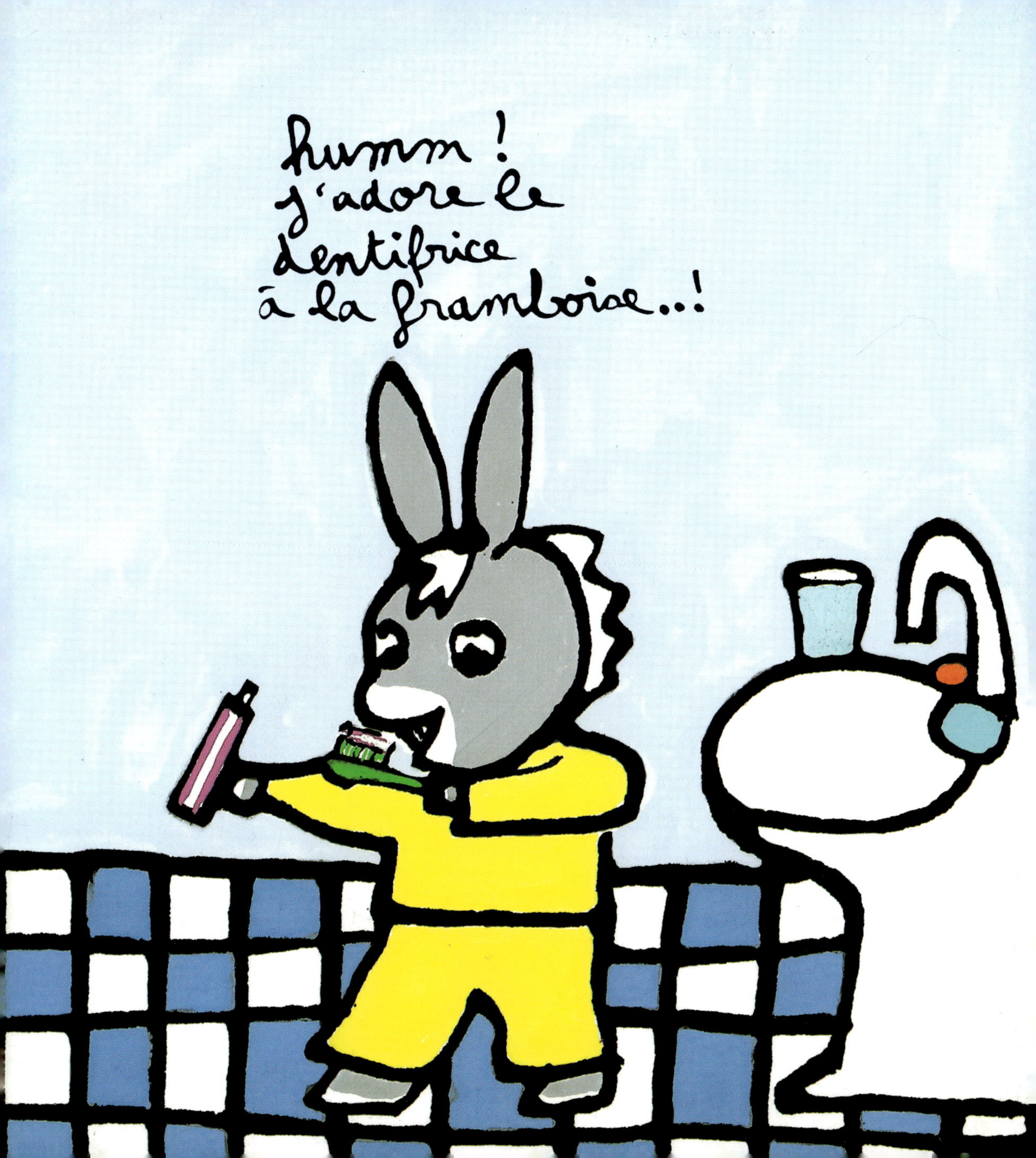
humm !
j'adore le
dentifrice
à la framboise..!

Ça y est ! Trotro est tout beau...

Mais il a oublié de prendre son petit déjeuner.
Alors, il y va…

VOYONS TROTRO !
LUI DIT SA MAMAN.
VA VITE FAIRE TA
TOILETTE...

ALORS,
- IL VA SE LAVER LES MAINS
- IL SE DÉBARBOUILLE LA FIGURE
- IL BROSSE SA PETITE CRINIÈRE
- ET POUR FINIR, IL SE LAVE LES DENTS !

humm ! j'adore trop le dentifrice à la framboise...